Von Eva Berberich sind als dtv Großdruck im
Deutschen Taschenbuch Verlag erschienen:
Alles für den Kater
Das Glück ist eine Katze
Nicht ohne meinen Kater
Der Kater, der nicht reden wollte
Ein himmlischer Fall für vier Pfoten
In der Blauen Stunde kommen die Katzen
Die Buchkatze und andere Katzen

Rombach-Verlag: Der Teufel steckt im Bild
Kore-Verlag: Geschichten von Mann und Frau
Tredition: Die Moorkatz von Tiefenhäusern
Tredition: Die Papstkatze

Eva Berberich lebt mit Katze und Ehemann,
dem Schriftsteller Armin Ayren, im Hoch-
schwarzwald. Mit ihren heiteren und tief-
sinnigen Geschichten hat sie sich in die Herzen
zahlloser Leser geschrieben

© 2017 Eva Berberich

Verlag: tredition GmbH, Hamburg

ISBN
978-3-7439-8163-8 (Paperback)
978-3-7439-8164-5 (Hardcover)
978-3-7439-8165-2 (e-Book)

Printed in Germany

Eva Berberich

Felix

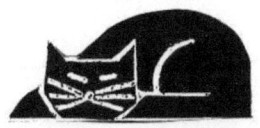

*Die Menschheit lässt sich grob in zwei
Gruppen einteilen: in Katzenliebhaber und
in vom Leben Benachteiligte.*
Petrarca

Rom hat seine Wölfin. Berlin seinen Bär. New York seine Freiheitsstatue. Freiburg sein Bächle. Brüssel sein ‚Männeken piss'. Bremen hat die Bremer Stadtmusikanten. Kopenhagen seine kleine Meerjungfrau. München sein Kindl. Biberach sein liebs Herrgöttle.

St. Blasien aber hat Felix.

St. Blasien liegt - malerisch, wie man sagt - zwischen Schwarzwaldbergen im Tal der Alb. Der kleine Fluss voll schöner großer Wackersteine schlängelt sich gemütlich hindurch. Das Städtchen hat einiges zu bieten. Wer sich nicht vor kaltem Wasser fürchtet, kann kneippen. Es gibt, der guten Luft wegen, ein Lungensanatorium, früher gab's auch ein Kurhaus, in dem einst Berühmtheiten von Adenauer bis Mendelssohn-Bartholdy und Stefan Zweig sich erholten. Damals hatte St. Blasien, wie Wikipedia kühn behauptet, sogar ‚weltstädtisches Flair', doch das ist inzwischen etwas abgewetzt. Aber nette Läden, Restaurants, Cafés, ein großes Modehaus mit Arkaden und kunstvollen Holzschnitzereien wie vom Zuckerbäcker gibt's immer noch, auch ein barockes ehemaliges Kloster, heute Internat; dort kann man auch ins Konzert gehen. Und auf dem weiten Platz vor dem gewaltigen Dom mit der großmächtigen grünen Kuppel - sie ist nur wenig kleiner als die des Petersdoms, der Papst würde sich hier zuhause fühlen - findet alle paar Jahre ein großes Spektakel statt, das stolz als *Highlight* bezeichnet wird. Das doch viel schönere, aber leider halt nur deutsche Wort *Glanzlicht* oder *Höhepunkt* ist nicht modern genug. So sind sie, die Leut.

Der Dom spielt immer die Hauptrolle, die eine Hälfte der Bevölkerung spielt begeistert mit, die andere, und dazu haufenweis Gäste, gucken nicht weniger begeistert zu und mampfen in der Pause Currywurst.

Das Internet weiß von Söhnen und Töchtern des Städtchens, die, so steht's geschrieben, ,eine gewisse Bedeutung' haben. Ich hab sie gezählt, es sind genau zwölf. Aber nur Söhne. Die Töchter sind untern Tisch gefallen. Mag auch sein, St. Blasien hat keine erwähnenswerten Töchter, oder es hat sie und verschweigt sie, warum auch immer. Das gibt zu denken.

Mit Recht stolz ist St. Blasien auf Fürstabt Martin Gerbert, einen Mann von kolossaler Bildung, der mangels anderer Möglichkeiten, mit einer mittelalterlichen Dame, der ‚Frau Musica', liiert war, drei bemerkenswerte Bücher über sie geschrieben hat, eifrig ‚verehrungswürdige Knochenreste' für seine Reliquienschreine sammelte, eine kleine aber feine Brauerei gründete und den Dom, heute das klassizistische, asketische strenge Kühle ausstrahlende Wahrzeichen St. Blasiens, nach einem Brand neu erbauen ließ.

Dom zu St. Blasien

Da es hierzuland an Bäumen nicht mangelt, treffen sich im Sommer auf Straßen und Plätzen Künstlerinnen und Künstler, die haben ein Herz fürs Holz und zeigen, was man aus Block, Stamm oder Klotz herausholen kann, wenn man es vorher hineingedacht hat. Sie arbeiten, dass die Späne fliegen, daneben steht neugieriges

Volk und gibt seinen mehr oder weniger klugen Senf dazu.

Durch das Fenster des *Cafés am Dom* erblicke ich Felix zum ersten Mal. Er thront auf hohem hölzernem Sockel ‚drüb de Bach', also auf auf der anderen Seite der Alb, über die eine kleine Brücke führt. Stolz, aufrecht, erhobenen Hauptes, den Schwanz ordentlich um sich herumgelegt, hockt er da und fixiert mich.

Ja, mich. Obwohl meine Nachbarin behauptet, er fixiere selbstverständlich sie, und ihm, ich kann's nicht anders sagen, widerlich schmachtende Blicke zuwirft.

Er sitzt, guckt - und siegt.

Es zieht mich zu ihm hin. Ein *coup de foudre*, wie der Franzose sagt. Gott helfe mir, ich kann nicht anders.

Dann steh ich vor ihm. Aug in Aug. Menschenaug in Kateraug.

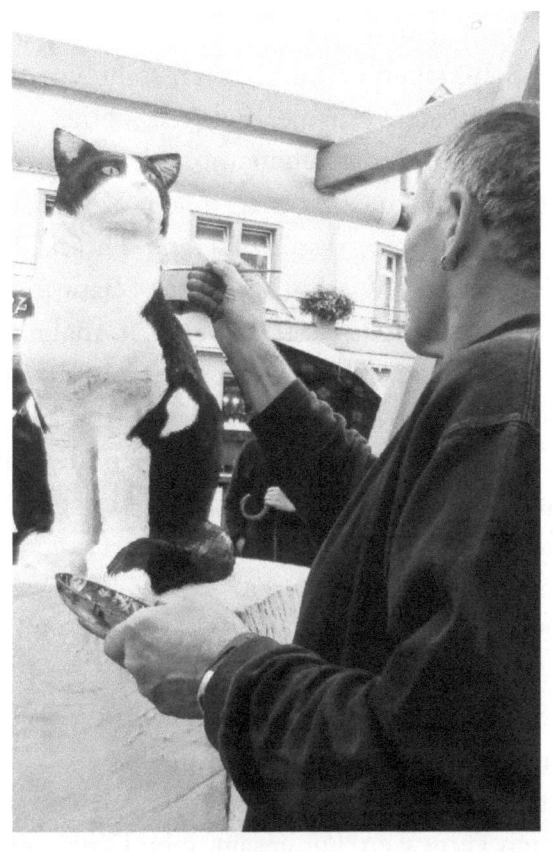

Arbeit an der Holzskulptur "Stadtkater Felix" von Johannes Köpfer, Bernau, Deutschland

Was für ein Kerl! Wahrhaftig kein Mickerling. Stattlich, überkatergroß, gut im Fleisch stehend, goldene Bernsteinaugen. Schwarz-weiß gefleckter Pelz, oben und hinten zwei Tupfen, dunkel auf der Nas, weiß auf der Schwanzspitze. Und wie er dasitzt - der hat Sinn für Monumentalität und kennt seinen Wert.

Ein Schildchen verkündet: Ich stehe vor Felix, dem Stadtkater. Für die Ewigkeit - oder wenigstens fast - in Holz gehauen und lebensecht bemalt von Johannes Köpfer, einem Künstler aus Bernau, wo anno dazumal Hans Thoma Feld, Wald, saftige Wiesen, knorzige Bäume und Berge im Morgen- und Abendrot malte. Mit Katzen hatte er es aber nicht so. Ich besitze eine kleine Radierung des Meisters, und ich kann nur sagen, die Katz ist ziemlich daneben, die hat er verhauen. Ziegen, Schafe und Kühe lagen ihm mehr. Die sind ja auch viel zahmer, die kann man herumkommandieren.

Der Kater ist nicht ganz fertig - hier fehlt noch ein Pinselstrich, dort eine Lasur oder ein Punkt im funkelnden Aug -, gelassen, würdevoll harrt er seiner Vollendung.

Ein Meister der Bildhauerkunst, den Namen hab ich vergessen, hat gesagt, eine Figur, ob aus Holz, Stein oder Bronze, sei nur dann so richtig gelungen, wenn man sie den Berg runterrollen könne, ohne dass was Wesentliches abbräche. Felix würde ihm gefallen, der ist ,unkaputtbar', den könnte man rollen und er käme vollständig unten an. Weil er „sein Sach beinander hat", wie der Schwabe - natürlich auch die Schwäbin - gern sagt.

Als ich ein paar Tage darauf durchs Städtchen spaziere, komm ich mir fast vor wie in Florenz, wo man immer mal wieder über Michelangelos berühmten David stolpert, in den die kunstnärrischen Florentiner sich so verliebt hatten, dass sie ein paar Kopien anfertigen ließen. Die schönen Nackigen stehen jetzt auf Straßen und Plätzen herum, meist umringt von entzückten Amerikanerinnen in knallengen Hosen und mit rosarotem Haar: „O, what a lovely boy!" Um die falschen Davide tobt das Leben, der echte langweilt sich in der *Akademie*.

In St.Blasien kommt man nicht um Felix herum. Er ist, wie der liebe Gott, allgegenwärtig. Nicht nur Bildhauer Köpfer, der Meinung, Felixe könne es nicht genug geben, stellt den Prachtskater in verschiedenen Variationen, Größen und Farben her, auch andere Künstler haben an ihm einen Narren gefressen.

Einen Felix entdecke ich mit katergeschärftem Blick in einem Schmuckgeschäft, wo er, diesmal pantherschwarz und grünäugig, nicht nur mehr oder weniger kostbare Juwelen bewacht, sondern auch den ebenfalls prächtigen Rabenvogel, der sie gierig beäugt. Raben, man weiß es, lieben und klauen gern alles, was glitzert.

Felix prangt auch auf dem ovalen Emailleschildchen an einem Antiquitätengeschäft mit
schönen alten Sachen im *Süßen Winkel,* dem von
Alb und Steinenbach umflossenen kleinen,
halbinselähnlichen Viereck zwischen Amtsge-
richt und Domhotel. Verehrer haben es dort an-
bringen lassen:

Das geht mir zu Herzen, zeigt es doch die

Liebe, den Respekt und die Hochachtung, die Bürger, wobei natürlich die Bürgerinnen mitgemeint sind, einem der ihren entgegenbrachten. Die Weimarer, nicht zu vergessen die Wiemarerinnen, wissen, was sie an ihrem Goethe, die St. Blasier und St. Blasierinnen, was sie an ihrem Felix haben. Na ja, nicht alle, doch ein ‚eiserner Kern' steht in Treue fest zu diesem ungewöhnlichen Kater. Und nun muss ich noch was loswerden: Allmählich geht es mir gewaltig auf die Nerven, dass man heut immer Männlein und Weiblein erwähnen muss, damit bloß keiner beleidigt ist, was blöd klingt und die Sprache verhunzt. Aber das nur nebenbei gesagt.

Auch schmückt Felix Keramiktassen, Leinenbeutel und, rot bezipfelmützt, Weihnachtssowie Postkarten: Gruß aus St. Blasien, mit herzlichem Miau!

Dieser ‚Fürst der Straße' lässt mich nicht los, er hat mich bezirzt, schleicht sogar durch meine Träume: Einmal hockt er ganz oben auf der Kuppel des Doms und guckt funkeläugig auf mich herunter, ein andermal liegt er unter Herrn Gerbert, vielmehr, unter dessen Gedenkstein auf dem Domplatz, was er wohl nicht täte, wäre der edle Kirchenmann nicht ein großer Liebhaber von Katzen gewesen, vermutlich teilte er mit einer besonders verschmusten sogar sein fürstabtliches Lager. Es sei ihm gegönnt gewesen.

Woher ich das weiß?

Nun, aus sicherer Quelle, die ich aber nicht preisgeben werde. Es gibt da nämlich ein Gemälde, auf dem außer Herrn Gerbert auch eine Katze zu sehen ist. Da Katzen aber, anders als Schäfchen, als unfromm, konfessionslos und aufmüpfig gelten, glaubt man wohl an kirchenoberster Stelle, dieses in einem Geheimarchiv versteckte Bild der Öffentlichkeit vorenthalten zu müssen.

Collage: Katze mit Martin Gerbert,
Quelle: Gemälde im Refektorium des ehemaligen Benediktiner-priorats Oberried (https:// commons.wikimedia.org /wiki/ File%3AMartin_II_Gerbert.jpg

Bei Felix handelt es sich also um eine stadtbekannte Persönlichkeit, mindestens ebenso berühmt wie der Heilige Sankt Blasius, der mit schöngedrechseltem Bart auf der Säule in seinem Brunnen vor dem Dom steht und aufpassen muss, dass niemandem ein Leid geschieht, der Blitz nicht dreinschlägt, die Alb friedlich in ihrem Bett bleibt, kein Feuer ausbricht, kein Tsunami die Stadt überrollt, keine Schneelawine sie verschüttet.

Doch Felix hat den Vorteil, dass man ihn, anders als den doch schon recht bejahrten Heiligen, persönlich kennt. Gekannt hat. Denn er weilt ja nicht mehr unter uns, was mich sehr trifft. Hätte ich ihn doch gern hinter den Ohren gekrault. Wie sagte einst Michael Gorbatschow? „Wer zu spät kommt, den bestraft das Leben'. Kater Felix, verkündet das Emailleschildchen, hat kurz nach Weihnachten das Zeitliche gesegnet und - das steht aber nicht da, das vermute ich nur - jagt nun jenseitige Mäuse. Wenn er überhaupt eine kriegt, mit Katern hab ich meine Erfahrungen gemacht, die ziehen fast immer Mausersatz aus der Dose einer echten Maus vor. Aber alt ist er geworden, immerhin an die achtzehn Jahr, der reinste Kater-Methusalem.

Ist er unter die Autoräder gekommen? Hat ein Hund ihn abgemurkst, ein böser, katzenhassender Mensch ihm den Kragen umgedreht?

Mitnichten. Felix ist, wie man mir versichert, sanft entschlafen.

Requiescas in pace, Felix! Ruhe in Frieden! Im kollektiven Gedächtnis vieler St. Blasier und in dem meinen bleibst du der Nachwelt erhalten.

Ich will mehr über Felix wissen und frage einfach drauflos, frage jeden, der mir übern Weg läuft, auf dem Markt, auf der Straße, im Café, den Geschäften: „Kennen Sie Felix? Was wissen Sie über ihn?"

Jeder weiß was. Es ist, als öffneten sich Schleusen. Kaum einer, der ihn nicht schon gestreichelt, ihm die Pfote geschüttelt oder dem Felix nicht eins übergezogen hat. Wer ihm zu nah kam, der riskierte, dass der Scharfbekrallte ihm eine fetzte. Was man vom Sankt Blasius nicht sagen kann, als Heiliger hat er pazifistisch zu sein, die rechte Backe hinzuhalten, wenn man ihn auf die linke haut, und niemandem eine zu fetzen. Nur beten darf er.

Und so sammle ich lauter kleine Puzzle-steinchen, die ich schließlich zu einem Bild von Felix zusammensetze, das ihn in seiner ganzen Einmaligkeit zeigt: ‚Voilà un homme!' hat Napoleon einst von Goethe gesagt, „hier steht ein bedeutender Mensch!" An Felix denkend, kann ich nur sagen: „Voilà un chat!"

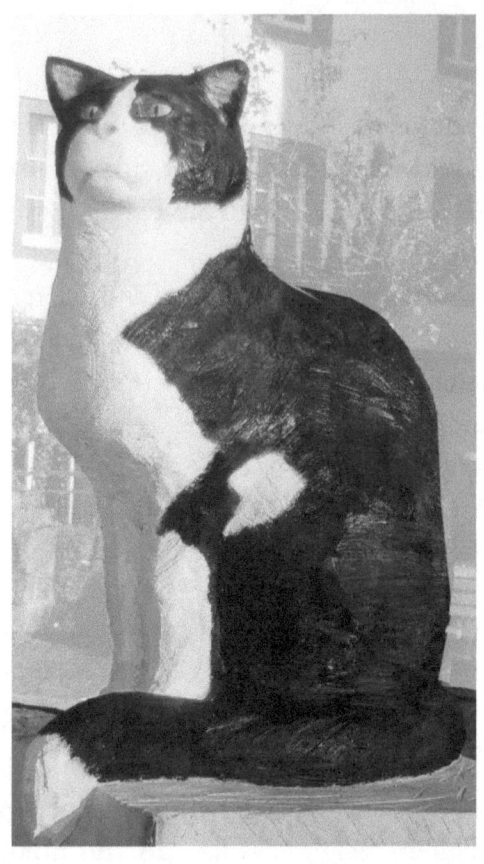

Holzskulptur "Stadtkater Felix" von Johannes Köpfer, Bernau, Deutschland

In einem Laden erfahre ich: „Der war ganz verrückt auf die Kartons, je kleiner, desto besser. In jede Schachtel musste er sich reinquetschen und ein Schläfchen halten. ‚My box is my castle', würde man in England sagen, oder? So sind sie halt, die Katzen ..."

Im *Eiscafé:* „Der Felix? Ja, der hatte hier seinen Stammplatz unter dem Bild von Gianna Nanini, der Sängerin, und hat immer sein Schüsselchen mit Sahne eingefordert, das, davon war er überzeugt, ihm zustand. Auch Gäste haben ihm zulieb ihr Eis ohne Sahne gegessen. Viele sind sogar wegen Felix gekommen, was gut war fürs Geschäft: ‚Miez miez miez und bussi, bussi, feiner Kerl bist du, komm mal her, gib Pfötchen!' Aber der feine Kerl hat sich bitten lassen, zu jedem ist der nicht gegangen. Katzen riechen, wer ihnen wohl will. Und ein Fürst der Straße gibt prinzipiell nicht Pfötchen. Nein, Eis hat er nicht gemocht, das war ihm zu kalt und zu süß, da hat er die Pfote geschlenkert, und Pfotengeschlenker bedeutet ‚kannst du selber fressen!'

Also ein bisschen überzwerch war der schon."

„Den Felix", so der Tierarzt, „hab ich alle Jahre wieder entwurmt, entmilbt und entfloht. Ein Held war er ja, wenigstens bei mir, nicht. Wenn er auf dem Behandlungstisch gehockt ist, hatte er ganz nasse Pfoten, hat auch die Augen zugekniffen und geglaubt, dann seh ich ihn nicht. Das machen kleine Kinder ja auch gern. Gebissmäßig war der nicht so toll, hab ihm schon manchen Reißzahn - vom Zähneputzen hat der nicht viel gehalten ..."

„Einmal kommt der einfach so in den Dom hereinspaziert, obwohl er ja gar nicht katholisch war, hat sich aber tadellos benommen, nur aus dem Weihwasserbecken ein bisschen Wasser geschlabbert. Dann, als ich die *Toccata mit Fuge in E* gespielt hab - ich bin Organistin hier im Dom -, hat er sich geschlichen, Bach lag ihm wohl nicht so, und die Orgel war vielleicht ein bisschen zu *forte* für sensible Katerohren. Der Herr hier ist übrigens ..."

Der Herr ist der Messner. „Ja, dem Felix hat's hier gefallen. Oft ist er in einem der Seitenaltäre mit umgeknickten Pfoten vor dem heiligen Nikolaus gelegen, der Elisabeth von Thüringen, der Teresa von Avila oder wie die frommen Herrschaften alle heißen, und hat ..."

„Gebetet?" frage ich beeindruckt.

Das glaube er eher nicht, obwohl man ja nie

wisse, was in so einem Katerkopf vorgehe. „Ich nehm an, er hat einfach nur gepennt, im Sommer war's ja auch schön kühl im Dom, da wollte der gar nicht mehr weg, und ich musste ihn raustragen. Die Kerzen kosten fünfzig Cent das Stück, die für einen Euro brennen aber länger ..."

Ich kaufe selbstverständlich die teure - das ist Felix mir wert -, stecke sie in den Halter, zünde sie an, falte die Pfoten - nein, die Hände - und stell mir die amüsierten oder missbilligenden Gesichter der Heiligen vor, wenn sie Felix beim Pennen und Weihwasserschlabbern zusehen ...

Auf dem Freitags-Wochenmarkt: „Der Felix hat sich gern unter meinen Stand gehockt und gewartet, bis was runtergefallen ist,

ein Happen Käs - mein Ziegenkäs ist berühmt, um den schlagen sich die Leut - oder ein

Wurstzipfel. Hat immer auf Qualität geguckt, aber bei mir ist ja alles bio, das hat der natürlich gewusst, mit seiner schleckigen Gosch. Ein Käs wär noch da ..."

Der Besitzer des *Domhotels*: „Oft hat er sich auch in einem von den Blumenkästen gefläzt, die ich am Brückengeländer angebracht hab, unsere Stadt soll ja immer schöner werden. Den Blumen hat das nicht besonders gut getan, war aber ein hübsches Motiv, schwarz-weißer Kater in roten Geranien. Ja, der war ganz schön eitel, der Felix, hat gewusst, was ihm steht, und sich leidenschaftlich gern fotografieren lassen. Aber erst, nachdem er sich das Fell geglättet und den Schwanz malerisch um sich rum drapiert hatte. Und wenn's kalt war, hat er sich herinnen am Kachelofen den Pelz gewärmt."

Felix' bevorzugtes Revier, erfahre ich, war die Haupt- und Geschäftsstraße, dort war er in seinem Element. Da wurde er stets freundlich gegrüßt: „Na, Felix, gut geruht? Wie geht's denn so? Schönes Wetter heut, gell?" Da gab's Autos - er hat sich einen ganzen Fuhrpark gehalten -, auf deren sonnenwarmen Motorhauben und Dächern er dösen und seine Pfotenabdrücke hinterlassen, Cafés, wo er sich entweder auf die leeren Stühle setzen oder die darauf Hockenden mit sanfter Gewalt weggucken konnte. Er starrte sie so lange bis sie's kapiert hatten, sich entschuldigten und einen anderen Platz suchten.

Und es gab Touristen, die scharf waren auf ein Selfie mit Kater. „Der war eine richtige Rampensau, er brauchte Publikum, und je wilder das Leben um ihn herumgetobt hat, desto mehr war er in seinem Element." Nun tobt das Leben in einem eher ruhigen Städtchen wie St. Blasien ja nicht so schrecklich wild, sondern eher gemächlich, aber irgendwas war immer los.

Eine das Gesicht in die Sonne streckende ältere Dame im Straßencafé: „Ich komm oft hierher, frühstücken, und dann ein bisschen herumbummeln, ist ja ein heimeliges Städtchen. Klar, den Felix hab ich gut gekannt, der lag manchmal auf dem Stuhl mir gegenüber, und zwar immer auf einem Kissen, ich hab ja nie eins gekriegt, und hat die Pfoten eingeknickt - wie heißt das, Müffchenmachen? Was für ein lustiges Wort! Ich hätt ihn am liebsten mitgenommen, für den

Jonny, das ist nämlich mein Enkel, ‚Hans' war meiner Tochter zu spießig, der Jonny spielt den ganzen Tag auf dem Computer rum, da hab ich gedacht, so eine Katze wär doch viel gesünder. Aber das nette Mädchen hier, das gerade meinen Café latte bringt, hat nur gelacht und gesagt ...“

Das nette Mädchen: „Der Felix, hab ich gesagt, bleibt da, der hat hier Bürgerrechte, der darf sogar wählen. Nein, welche Partei hat er nicht verraten.“

Die Dame versucht ihre Ellbogen umzuknickeln, will auch Müffchen machen, aber das kriegt sie nicht hin. Sie ist halt keine Katz, ihre Gelenke sind auch nicht mehr die jüngsten und knirschen.

Der Mann am Nebentisch hat mitgehört: „Also ich sitz hier mit einer Bekannten und ihrem Hund, einem scharfen, gefährlichen, auf Katzen dressierten Kerl, da kommt der Felix anmarschiert. O Gott, denk ich, der Hund wird ihn zerreißen, in der Luft zerfetzen, Hackfleisch aus ihm machen. Felix bleibt erst mal stehen, eine Pfote erhoben. Hund jault. Felix geht langsam auf ihn zu. Hund guckt wild. Felix kommt näher. Hund knurrt. Felix kommt noch näher. Hund zieht Lefzen hoch. Kennen Sie den berühmten Film *Casablanca*? ‚Schau mir in die Augen, Kleines!' sagt der Humphrey Bogart zur Ingrid Bergman. ‚Schau mir in die Augen, Großer!' sagt

Felix zum Hund. Hund kneift Schwanz ein, weicht zurück, Schritt für Schritt, winselt, jault, versteckt sich hinter Frauchen. Frauchen erhebt sich, versucht, ihn zu beruhigen. Felix springt auf den freigewordenen Stuhl, schaut sich um, Triumph im Blick: Habt ihr's alle gesehen?"

„Ja, die Hunde hatten Respekt vor ihm, besonders die jungen", weiß ein anderer. „Hab oft beobachtet, wie sie bäuchlings an ihm vorbeigekrochen sind, wenn er die oberste Treppenstufe vor dem Domhotel besetzt hat ..."

Der kürzeste Kommentar in Sachen ‚Hund': „Felix? War Mafiakater."

„Mafiakater?"

„Ja. Hab ich gesehen, wie Felix hat Hund gezeigt, was eine Harke ist. Armes Schwein, der Hund!"

Ein zeitunglesender Herr auf einer Bank: „Wenn der müd war, der Felix, hat er sich auch schon mal auf einen der freien Autoparkplätze gelegt, aber bezahlt hat der natürlich nix. Ich hab mal einen Parkschein gelöst und ihm zwischen die Pfoten gelegt, damit er keinen Strafzettel kriegt, unser Polizist hier versteht nämlich keinen Spaß, erst recht nicht von einem Kater - da ist er ja schon, wenn man den - Sie wissen schon - nennt, kommt er gerennt ..."

Der gerennt gekommene Hüter der Ordnung: „Der Kerl hatte seinen eigenen Kopf, hat sich nix sagen lassen, kein Respekt vor Autoritätspersonen wie mir, ist immer zwei Meter neben dem Zebrastreifen frech über die Straß marschiert, bestimmt mit Absicht, um mich zu ärgern. Hab ihn ein paarmal ernstlich verwarnt, aber der hat mich von oben angeguckt, obwohl er ja unten war, geradezu arrogant, wie wenn er was Besseres wär als unsereins. Ein Hund hätt sich nicht erlaubt so zu gucken, der hätt gewinselt und gespurt, drum gibt's ja auch nur Polizeihunde, oder kennen Sie auch nur eine einzige Polizeikatze?" Er klemmt einen Strafzettel unter den Scheibenwischer meines Autos: "Parkzeit um fünf Minuten überschritten!"

Es muss feste Bräuche geben, sagt der Fuchs in der Geschichte ‚Der kleine Prinz' von St. Exupéry. Das hat auch der äußerst traditionsbewusste ‚Fürst der Straße' beherzigt.

Eine Frau kennt Felix ‚von Anfang an': „Also morgens hat er erstmal zuhause gefrühstückt ..."

> „Zum Frühstück gab es Brötchen,
> Hierzu trank man Kaffee;
> Die Katze und ihr Pfötchen
> Noch heut ich vor mir seh."

fällt mir ein.

Sie guckt mich an, als sei ich nicht ganz gescheit. „Schwätze Sie immer so?"

„Nein, da hab ich nur grad dran gedacht. So hat Robert Walser geschwätzt, der war ein Dichter und verliebt in eine kleine, feine Katze."

Ach so. Dann sei der ja wohl ein anständiger Mensch gewesen, meint sie und verspricht, vielleicht mal was von ihm zu lesen. „Aber Brötchen und Kaffee - da hätt unser Felix die Pfote geschlenkert, der stand mehr auf Sahne, einem Stückchen Butter oder auch mal einem Ei - selbstverständlich nur von glücklichen Kühen oder Hühnern. Und er hatte sein festes Ritual, das ist immer gleich abgelaufen. Erst ruht er sich im Blumenkasten am Brückengeländer ein bisschen aus und sondiert dabei die Lage, wer kommt, wer geht, wer guckt, wer wegguckt, wer grüßt, wer nicht grüßt. Schlendert dann auf die andere Seite der Alb, wo die Bäume stehen, pinkeln muss man ja auch mal, wetzt an seinem persönlichen Kratzbaum die Krallen

und begibt sich gegen neun - er hatte eine Uhr im Bauch - ins nahe Schuhgeschäft, wo man ihn mit dem stets gleichen Ausruf ‚Männle, du bisch ja scho do!' aufs freundlichste begrüßt und er sein zweites Frühstück einnimmt. Das weiß ich von der Besitzerin, und von meinem Balkon aus hab ich es oft genug mitgekriegt. Wie heißt dieser Dichter nochmal?"

„Robert Walser. Seine Katze - seine gute Fee, wie er sie nannte -, lag auch gern auf dem Schreibtisch, was ihn sehr inspiriert hat. Es gibt viele Dichter, denen ohne Katze rein gar nix einfällt. Alle besseren Dichter und Dichterinnen lieben Katzen und schreiben am laufenden Band Katzengedichte und Katzengeschichten."

Apropos Dichter: „Immer am letzten Donnerstag im Monat findet im *Café am Dom* unser Literaturcafé statt", berichtet dessen Leiterin. „Manchmal ist der Felix auf der Säule dort an der Brücke gehockt wie sein eigenes Denkmal.

Dann hat keiner mehr zugehört, alle haben nur
geguckt und gelacht. Da konnten die Referenten
mordsgescheite Vorträge halten oder die Dichterinnen und Dichter sich den Mund fusslig
reden. Der Felix hat ihnen die Schau gestohlen."
Was ich nur bestätigen kann, auch ich hab geguckt, und dann war ich ihm verfallen ...
Eine sehr gebildet aussehende ältere Dame - sie
kommt gerade aus der Gemeindebibliothek, wo
sie fünf Bücher ausgeliehen hat - meint, Katzen
und Literatur gehörten einfach zusammen. Sie
sitze gern mit einem Buch auf der Bank neben
dem Heiligen Sankt Blasius, das Wasser im

Brunnen plätschere so romantisch und beruhigend. Gelegentlich sei der Felix vorbeigekommen, habe sich neben ihr niedergelassen und sich sehr für das Buch interessiert.

„Hat er drin gelesen?"

„Nein, draufgelegt hat er sich." Und sie finde, es sei allmählich an der Zeit, dass irgendwer mal was über den Felix schreibe, einen Artikel oder eine Geschichte, am besten gleich ein ganzes Theaterstück, das wär doch was für die Domfestspiele. Sie kennt sich aus in der Katzenliteratur, zitiert den misanthropischen Kater Hiddigeigei aus dem ‚Trompeter von Säckingen' - *„Menschentun ist ein Verkehrtes, Menschentun ist Ach und Krach, im Bewusstsein seines Wertes sitzt der Kater auf dem Dach!"* - ist befreundet mit dem schöngeistigen Kater Murr des romantischen Dichters E. T. A. Hoffmann, der sogar seine Memoiren geschrieben hat, mit Spiegel, dem Kätzchen, sowie dem Kater Timtetater, das ist der mit den acht Beinen (zwei vorne, zwei hinten, zwei rechts, zwei links).

Die Geschichte, meint sie, könne man ja im *Haus des Gastes* vorlesen, die Leute kämen bestimmt in Scharen. Und - sie denkt noch weiter - toll wär auch ein kleines Denkmal für Felix, der Martin Gerbert und der Heilige Sankt Blasius hätten ja schließlich auch eins, wo die doch nicht mal schnurren könnten, und sie werde, wie ganz bestimmt auch andere Felix-Freunde, dazu gern ihr Scherflein beitragen.

„Da wird nix draus." Ein bärtiger Ureinwohner des Städtchens schüttelt den Kopf. „Da können Sie lang warten."

„Aber der Felix war doch so beliebt", sage ich.

Ich werde aufgeklärt: Die Leut selber seien ja nicht so. Aber die zuständigen Stellen würden alles, was nach Literatur rieche, meiden, wie der Teufel das Weihwasser. Kein Schwein interessiere sich hier für sowas, kriege man zu hören, Blasmusik und Trachtenverein, ja, das schon, das sei wichtig, das sei Kultur, aber Dichterlesungen und solches Zeug komme einem nicht ins *Haus des Gastes*.

Das allerdings finde ich bedenklich. Der kunstsinnige, belesene Fürstabt Gerbert würde sich im Grab umdrehn, wüsste er, dass die Damen Kalliope, Thalia, Euterpe, Erato, Polyhymnia und wie die Musen der Dichtkunst alle heißen, hier behandelt werden wie Hunde vor einem Geschäft: *Wir müssen leider draußen bleiben!* Wäre Zeus, der olympische Götter- und Musenvater noch im Amt, würde er mit Donner und Blitz dreinfahren. So geht man mit seinen Töchtern nicht um!

Aber vielleicht ändern sich auch in St. Blasien die Zeiten, man soll ja die Hoffnung nie aufgeben. Heiliger Sankt Blasius, bitt für die Leut, die hier über die Kultur bestimmen oder was sie dafür halten, auf dass die erleuchtet werden, amen!

Doch zurück zu Felix. Auch die kleine Tigerkatze, die sich genüsslich in einem der großen Blumentöpfe vor einem Geschäft hin- und herrollt, kann ein Lied von ihm singen: „Soll in seiner Jugend furchtbar wild gewesen sein, der Felix, das weiß ich von meiner Oma, aber auf einmal war's aus mit der Wildheit, der Tierarzt hat ihm was weggeschnibbelt. Meine Oma sagt, er hätt auch mit ihr -, und drum bin ich vielleicht wahrscheinlich ganz bestimmt ein Enkelkind von dem berühmten Felix. Genau weiß sie's nicht mehr, aber ich erzähl's überall rum ..."

Die Zahnarzthelferin - sie macht gerade eine Rundumröntgenaufnahme von meinem Gebiss - sehr desillusionierend, wenn man mitkriegt, wie's innen im Kopf aussieht - hatte leider nicht das Glück, ihm persönlich die Pfote schütteln zu dürfen. „Aber von einer Freundin weiß ich, wenn der keine Lust mehr hatte, weiterzulaufen, wenn er müd oder nur faul war, hat er sich einfach mitten auf die Straße gelegt, und die Autos sind brav um ihn rumgefahren. Jetzt Zähne zusammenbeißen und nicht wackeln ..."

Die Frau im Blumengeschäft hat extra für ihn immer einen Topf mit Katzenminze rausgestellt. „Danach ist er ganz verrückt gewesen, hat sich drin rumgewälzt ...“

Der Mann an der Tankstelle: „Da hat mal einer getankt, und wen entdeck ich in seinem Kofferraum? Unsern Felix! Hat ihn einfach geklaut, gekidnappt, entführt. Ein Eidgenosse, die sind halt so, so einnehmend, aber der hat sich bös verguckt, den Felix hätten wir nie hergegeben, und das Schwyzerdütsch hätt der sowieso nicht verstanden. Der Felix gehört uns, hab ich gesagt, der ist ein echter St. Blasier, ein Urgestein mit Schwanz und vier Pfoten. Hab ihn gerettet, der Mensch hat vollgetankt und Gas gegeben. Macht vierzig Euro für Sie.“

Am sogenannten Schwyzertag wimmelt das Städtchen übrigens von zwei- und vierbeinigen Bewohnern des Landes von Wilhelm Tell. Die Vierbeiner knurrten und fauchten den Felix an, aber der, erzählt man mir, habe sie souverän ignoriert, habe auch dafür gesorgt, dass die Marder im *Süßen Winkel* unter Protest auszogen und ihr Wirkungsfeld und ihre Lieblingsbeschäftigung - Zerbeißen von Autoschläuchen und Leitungen - in andere Stadtteile verlagerten, die Felix nicht zu kontrollieren pflegte.

Aber nicht nur Hunde haben ihn respektiert. „Raben können einem ja schon auf den Wecker gehn. Da seh ich doch, wie so einer den Felix, der oben im Blumenkasten ruht, ständig ärgert, auf ihn einkrächzt, ihn beschimpft und, um ihn zu reizen, immer vor ihm rumhüpft. Bis es dem zu bunt wird. Er macht ein Auge auf - das andere bleibt zu -, guckt den Raben scharf an und - ich hab's mit diesen meinen Ohren gehört - sagt was, das klingt wie ,stör meine Kreise nicht, blöder Vogel!' Worauf der Krabb dumm guckt, den Schnabel zuklappt und sich verzieht ...“

Einmal, erfahre ich, habe er eine Taube erwischt, ein fettes großes Ding, sei, die schimpfende Taube im Maul, damit ins schon erwähnte Schuhgeschäft marschiert und habe sie dort mit den Worten: ,Für dich - mach was Feines draus!' der Besitzerin vor die Füße geschmissen. Wohl als Revanche für das tägliche zweite Frühstück, und um auch mal was zur Ernährung beizutragen. Die Taube, die nicht wollte, dass aus ihr was Feines gemacht würde, habe sich in eine Ecke gerettet und Felix sich auf dem Probierstuhl niedergelassen. Schließlich wurde der Vogel in einen schnell herbeigebrachten Käfig gelockt, zum Tierarzt gebracht und, da nur leicht kaputt, gesund gepflegt und dann wieder in die Freiheit entlassen. Seither haben alle Tauben um den Felix einen großen Bogen geflogen ...

Und wen immer ich frage, alle betonen, Felix sei beileibe kein Schmusebold und Ranschmeißer gewesen, habe stets auf Abstand gehalten, seine Privatsphäre war ihm wichtig, zu nah habe man ihm nicht kommen dürfen. „So richtig eng befreundet war der eigentlich nur mit sich selber."

„Er war auch ein Grantler, hat gleich gemeckert, wenn ihm was nicht gepasst hat, und ihm hat viel nicht gepasst. Das wurde allgemein respektiert."

„Aber Manieren hatte er, das muss man ihm lassen. Wir waren auf dem Weihnachtsmarkt, und hinterher sitz ich mit einer Freundin im *Café Domspatz.* ‚Guck mal!" sagt sie plötzlich, ‚hinter dir!' Ich dreh mich um. Da hockt Felix auf einem Stuhl am schön gedeckten Tisch - Geschirr, Gläser, Blumen, Kerze - wie ein Gast, der aufs

Essen wartet. Nur die Serviette um den Hals hat gefehlt. Hat sich einfach reingeschlichen, aber gestört hat sich natürlich niemand dran ..."

„Nasse und kalte Pfoten und das Salz, das im Winter gestreut wird, hat er gar nicht gemocht. Dann guckte er so jämmerlich, dass immer eine gute Seele bereit gewesen ist, ihn zu schultern, sich um den Hals zu wickeln oder untern Arm zu klemmen und vor der heimischen Katzenklappe abzusetzen ..."

Auf dem Brunnenrand unterm Heiligen Blasius hocken zwei lieb aussehende Internatszöglinge, einer mit Nasenring, der andere in aufgeschlitzten Hosen mit Durchblick auf Waden, Knie und Hintern, sie lassen die Beine baumeln und schlecken ein Eis. Nein, zwei, jeder seins. Vanille und Kokos. St. Blasius guckt neidisch.

„Hier gibt's doch die Domspiele", erzählt der Nasenberingte. „Der Felix war schon als kleiner Kater immer bei den Proben dabei, die haben ihn magisch angezogen. Er hat aber nicht mitgespielt, ist nur in den Kulissen gehockt oder unterm Podest und hat alles mitgekriegt, was auf der Bühne passiert ist. Verstanden hat er's bestimmt auch, so schlau wie er geguckt hat. Ich war nämlich mal einer von den Mönchen, der Bruder Eusebius, und bin über meine lange Kutte gestolpert und auf die Nas gefallen."

Der Jüngling mit den freizügigen Hosen: „Neben den großen Domspielen gab's auch mal das kleine *Säulentheater* zwischen den Säulen am Eingang zum Dom. Hat nur zwanzig bis dreißig Minuten gedauert, lauter kurze Szenen aus der Klostergeschichte, wie die Mönche mit den Bauern oft umgegangen sind, also besonders human war das ja nicht immer. Die Klöster waren stinkreich damals. Und da hat der Felix sogar mitgespielt, und die Leut haben geglaubt, das sei richtig so, man habe ihm seine Rolle als Klosterkater auf den Leib geschrieben. Hat immer Szenenapplaus gekriegt ..."

Ja, Felix muss Theaterblut in den Adern gehabt haben, ein grandioser Schauspieler und Darsteller - am liebsten Selbstdarsteller – gewesen sein, so steht's ja auch auf dem Emailleschildchen im *Süßen Winkel.* Vielleicht war er in einem früheren Leben mal ein berühmter Tragöde ...

„Habt ihr's vom Felix?" Ein Mädchen, ebenfalls mit tropfendem Eishörnchen, gesellt sich uns zu. „Der hat halt Publikum gebraucht. Dann ist er zu großer Form aufgelaufen. Mal war er ein wütender Säbelzahntiger, dann hat er den Tiefbeleidigten gespielt, oder den armen, kranken Kater,

hat sogar gehunken - (sie meint gehinkt, doch gehunken klingt lustiger) -, aber nur, wenn jemand zugeschaut hat. Stracciatella, willst auch mal lecken?" - sie hält dem heiligen Blasius das Eishörnchen hin, aber der guckt nur traurig.

„Na, dann halt nicht."

Der Junge mit dem Nasenring: „Wenn er auf dem Brückengeländer oder auf seiner Privat-säule gehockt ist, hat er immer gewartet, bis sich genug Leute um ihn rum versammelt haben, wegen nur einem oder zwei hat der kein Theater gemacht. Dann hat er losgelegt, hat ihnen was vorgespielt, hat gemaunzt oder gejammert, eine Rede gehalten, ein Lied gesungen. Alle haben geklatscht und ‚da capo' gerufen."

Der Hosenjüngling: „Der hat sich im größten Gewühl wohlgefühlt, auf dem Freitagsmarkt, dem Weihnachtsmarkt, dem Stadtfest, überall war er dabei, man hat immer achtgeben müssen, dass man ihm nicht auf die Pfoten tritt, was mir mal passiert ist, natürlich hab ich mich sofort entschuldigt."

Der Heilige Sankt Blasius mischt sich ein: „Ein gutherziges Geschöpf, dieser Kater. Ich steh hier ja schon arg lang auf meinem Brunnen, genauer gesagt, seit 1714, und kann nicht weg. Im Winter, wenn's Stein und Bein gefroren hat, hat er sich oft auf meine Füße gelegt, wie eine Wärmflasche. Wie heißt es in der Heiligen Schrift?" Er deutet auf die dicke Bibel im Arm und durchbohrt mich mit Blicken.

„Da steht viel drin", sage ich eingeschüchtert.

„‚Ich hab gefroren, und ihr habt mich gewärmt'. Merk dir das! Sein Lohn im Himmel" - Blick nach oben - „ist gewiss groß."

Vermutlich setzt er sich für Felix' Heiligsprechung ein. Um zur Ehre der Altäre zu gelangen, müsste der aber ein Wunder bewirken, und daran hab ich nach allem, was ich zu hören kriege, doch meine Zweifel.

Wer sich in Gefahr begibt, kommt darin um, sagt das Sprichwort. Damit Felix das nicht passiere und er nicht zu früh das Zeitliche segne, mussten immer mal wieder dramatische Rettungsaktionen unternommen werden.

Felix hatte, wie man so sagt, *am Wasser gebaut.* Was nicht heißt, dass er eine Heulboje gewesen sei, im Gegenteil, aber er ist halt öfters mal ins Wasser gefallen. Vielleicht bei dem Versuch, einen Vogel zu fangen, eine Maus, einen Marder, einen Schmetterling, ein Blatt, oder er ist auf dem Brückengeländer balanciert, hat das Gleichgewicht verloren - und schon saß er im Nassen.

„Eines morgens", erzählt jemand, „hör ich ein Kind schreien. ‚Paul, Paul!', hat es immer wieder gerufen, wie in höchster Not. Da ist was passiert, denk ich, ein Kind ist ins Wasser gefallen und ruft irgendeinen Paul zu Hilfe, renn so schnell ich kann zum Steinenbach, von wo die Schreie herkommen. Dann steh ich am Bach - aber da schreit kein Kind, da brüllt ein Kater, unser Felix. Hat sich am Ufergebüsch festgekrallt und maunzt zum Gotterbarmen. Und er schreit nicht Paul, er schreit Miau, was ja ganz ähnlich klingt. Dass ich ihn rausgezogen hab, versteht sich von selbst …"

„Einmal, im Winter, hockt der Kerl mitten in

der Alb auf einer kleinen Eisscholle - weiß der Kuckuck, wie er dort hingekommen ist - und brüllt Zeter und Mordio, weil er sich den Hintern abgefroren hat. Was macht man da als anständiger Mensch? Holt eine Decke, steigt hinunter in die Alb, wickelt den Kerl in die Decke und trägt ihn rauf.

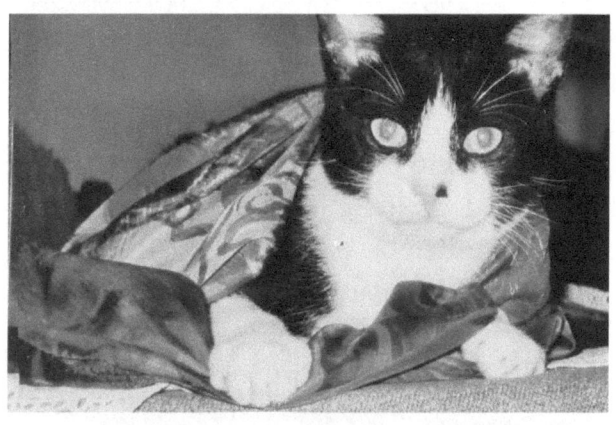

Er hat's gut überstanden, ich hab mir einen Mordsschnupfen geholt. Waten Sie mal im Winter durch eiskaltes Wasser!"

„Wir haben ihn auch mal aus der Alb gerettet. Er turnt auf dem Brückengeländer herum, rutscht aus, und schon liegt er im Wasser. Also holt man eine Leiter, lässt sie hinab, auf der klettert er wieder rauf, schüttelt sich und stolziert gelassen, würdevoll und mit erhobenem Schwanz davon."

Und einmal hat er es sich in der Auslage eines Optikers bequem gemacht, mitten zwischen teuren Brillengestellen. „Da hat der Felix einen Mordsrappel gekriegt und die Brillen herumgepfotet, was der Besitzer nicht so toll fand, wurde ernstlich verwarnt und bekam Hausverbot", erzählt einer. Aber im Grund habe man es nicht ungern gesehen, wenn er im Fenster lag, das habe den Leuten gefallen und sie in Kauflaune versetzt.

„Auch in meinem Schuhgeschäft hat er sich nach dem zweiten Frühstück gern zwischen Schuhen und Stiefeln breitgemacht, vielleicht hat er sich für den *Gestiefelten Kater* gehalten.

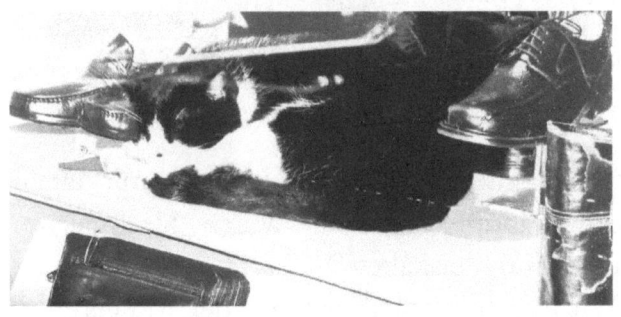

Es hat ja auch interessant nach Leder gerochen, er saß im Warmen und konnte beobachten, was sich draußen so tut. Ein Katzentier im Schaufenster veredelt alles, was sonst noch drinliegt. Ohne den Felix haben die Schuhe nicht so elegant ausgesehen. Und natürlich legte er großen Wert darauf, hofiert zu werden.

Als ich später den Schuhladen zumachte ..."
„hat es Felix oft in mein Antiquitätengeschäft
im *Süßen Winkel* gezogen. Er hat sich da wie
zuhaus gefühlt, auch gern ein Leckerli ange-
nommen, oder zwei oder drei. In dem antiken
Himmelbett hat er oft ein Nickerchen gemacht.

Ein Kunde wollte das Himmelbett kaufen, aber nur mit Felix als Draufgabe, doch der hat ihn wissen lassen, er sei mit Leib und Seel St. Blasier und denke nicht dran, umzuziehen. Das Foto hier hab ich an seinem letzten Lebenstag gemacht, da war er schon ganz matt, ganz mager und spillerig, die Augen und das Fell haben nicht mehr geglänzt, er wollt auch kein Leckerli mehr, da hab ich gleich gemerkt, o je, unser Felix macht's nicht mehr lang ..."

Dies ist das letzte Bild von Felix, hier endet auch meine Volksbefragung. Und ich muss dran denken, was der schon erwähnte Dichter E.T.A. Hoffmann nach dem Hinscheiden seines Lebensgefährten einst geschrieben hat:

In der Nacht vom 29. bis zum 30. November des Jahres entschlief nach kurzem aber schwerem Leiden, zu einem besseren Dasein mein geliebter Zögling der Kater Murr, welches ich teilnehmenden Gönnern und Freunden ganz ergebenst anzuzeigen nicht ermangele. Wer den verewigten

Jüngling kannte, wird meinen tiefen Schmerz gerecht finden und ihn durch Schweigen ehren...

Ich ehre den verewigten Felix durch Schweigen und nachträglichen tiefen Schmerz ...

Jede Stadt, ob groß, ob klein, ist befugt, Verordnungen zu erlassen, an die sich Bewohner und Bewohnerinnen, Besucher und Besucherinnen, Gäste und Gästinnen gefälligst zu halten haben. Was nun den Umgang mit Kater Felix betrifft, so müssten, wenigstens male ich es mir aus, in St. Blasien folgende streng zu beachtende Verhaltensregeln gegolten haben:

1) Höfliches, rücksichtsvolles Betragen unserem Stadtkater gegenüber ist ein absolutes Muss
2) Der Kater ist nicht zu ärgern, weder am Schwanz noch an den Ohren zu ziehen oder verbal (Saukater, Miststück) zu beleidigen
3) Nur leises, sanftes Reden erlaubt. Niemals Brüllen
4) Rauchen in seiner Gegenwart wird nicht geduldet
5) Keinesfalls stören oder aufwecken, wo immer man ihn dösend oder schlafend antrifft
6) Es ist streng verboten, ihm, egal wo, das Kissen unterm

Hintern wegzuziehn

7) Liegt er auf der Straße, ist selbstverständlich um ihn herumzufahren

8) Man überlasse ihm stets den Vortritt

9) Fällt der Kater ins Wasser, ist er unbedingt zu retten, auch bei Gefahr für Leib und Leben des oder der Rettenden. Der Kater geht immer vor

10) Was du nicht willst, das man dir tu, das füg auch nicht dem Kater zu

Zuwiderhandelnde werden kostenpflichtig abgeschleppt

Ein Spätherbstabend zur Blauen Stunde, der Zeit zwischen nicht mehr Tag und noch nicht Nacht. Es dämmert. Mir tun die Füße weh vom Herumlaufen. Ich döse auf einer Bank im kleinen Park neben dem großmächtigen Dom. Um mich herum träumen und gammeln ein paar Holzkunstwerke, die hier ihre Ruh gefunden haben, friedlich vor sich hin. Sie sind in die Jahre gekommen und werden, vom Zahn der Zeit liebevoll benagt, immer schöner, dunkeln nach oder bleichen aus, bekommen eindrucksvolle Risse, Flecken und setzen Patina an, was ihnen, anders als uns Menschen, gut steht.

Einige haben etwas Elfen- Nixen- Engelhaftes,

Tierisches, sie gleichen seltsamen Misch- oder Fabelwesen. Im Dämmerlicht scheinen sie sich zu bewegen, heben einen Arm, ein Bein, wenden den Kopf, neigen sich einander zu, da ist ein Gewisper, Gekicher, Geflüster, das ich nicht verstehe, das geheimnisvoll und melodisch klingt.

Andere lieben's einfach: Säulen, Kugeln, Zylinder, mit Strukturen und dekorativen Mustern.

Dann merke ich, ich bin nicht allein. Da hockt doch einer neben mir, macht sich breit, schubst mich sanft aber bestimmt an den Rand der Bank.

Eine Katze. Mächtig, prächtig. Schwarz-weiß gefleckt. Tupfen auf der Nase. Tupfen am Schwanzende.

„Nix Katze."

„Kater?"

„Nicht irgendein Kater. Der Kater."

„Nein!"

„Doch!"

„Ich hab die Ehre mit ...?"

Er neigt huldvoll den Kopf. „Du hast die Ehre mit Felix."

„Dem Stadtkater?"

„Dem Fürst der Straße."

„Entschuldige, aber du warst der Stadtkater. Auf dem Emailleschildchen an der Tür des Antiquitätengeschäfts im *Süßen Winkel* steht's: 1999-2017. Da bist du nämlich in die ewigen

Jagdgründe eingegangen."

Felix guckt mich so überlegen an, wie Katzen nun mal gucken. Er habe, erklärt er, nur die Seiten gewechselt. „Erst war ich hüben, jetzt bin ich drüben."

„Aber du hockst neben mir, machst dich breit und versucht, mich von der Bank zu drängeln. Wer tot ist, schubst nicht mehr."

Das hätt ich besser nicht gesagt. Felix faucht ein bisschen und legt nach Katzenart missbilligend die Ohren zurück.

Ich entschuldige mich für meine Taktlosigkeit. Man sollte nie einem, der nicht mehr am Leben ist, sagen, er sei tot. Sowas hört keiner gern, ob Mensch, Katz oder Kater.

Tot, belehrt mich Felix, sei übrigens ein dehnbarer Begriff. „Ihr habt wie immer keine Ahnung, ihr Menschen. Zwischen hüben und drüben gibt's nämlich Durchschlüpfe. Und wer die kennt ..."

„Durchschlüpfe? Wie Katzenklappen?"

„So ähnlich. Ich bin auch hier, weil du so oft an mich gedacht hast. Das spürt man nämlich, fühlt sich an wie ein Kribbeln."

Ich betrachte ihn genauer. Mir scheint, aus seinem Pelz stieben bläuliche Funken, ein richtiges kleines Feuerwerk. Ich tippe ihn vorsichtig an, aber ich krieg keinen Schlag wie bei einem elektrischen Weidezaun.

Du hast mich mächtig angezogen, an meiner Sphäre lang gesogen, sagt der Erdgeist zu Goethes *Faust*, der ihn mit magischen Sprüchen und Zeichen herbeizitiert hat. Doch Felix spricht nicht in Versen, sowas hat er nicht nötig. „Das hier ist nämlich meine Bank, auf der hab ich oft ein Nickerchen gemacht. Und meine Bank gehört mir. Aber ich will mal nicht so sein." Er schnüffelt an meiner Tasche. „Riecht fein. Ein kleines Häppchen wär nicht schlecht. Hast du zufällig ..."

Ich hab. Heißen Fleischkäs in Warmhaltefolie vom Metzger, den wollte ich eigentlich zum Abendessen - mit Senf und Kartoffelsalat - aber in der Bibel heißt es auch - wie heißt es doch gleich wieder, Heiliger Sankt Blasius?

„Die Hungrigen speisen!" tönt die Stimme des alten Herrn vom Brunnen her. „Die Durstigen tränken, die Gefangenen besuchen, die Nackten bekleiden, die Toten begraben ..."

„Danke, reicht!" Felix ist weder gefangen, noch nackig, tot ist er schon, aber offenbar nicht richtig, sondern irgendwo dazwischen. Er lässt kein Fitzelchen übrig. Wer weiß, was der drüben zwischen die Zähne kriegt. Sicher keinen heißen Fleischkäs. Vielleicht Manna? Oder gar nix? Muss man drüben fasten? Oder gibt's nur geistige Nahrung?

„War's gut?"

„Es schmeckt nix besser als das, was man selber isst", sagt Felix, schleckt sich die Pfote, putzt den Bart und fängt an zu schnurren. Was für ein behagliches, besänftigendes, wunderbares Geräusch. Es klingt wie eine kleine, im Kehlkopf eingebaute Orgel. Nie werden wir bedauernswerten Menschen sowas hinkriegen. Wir können nur lächeln. Oder grinsen. Auch gibt's bei uns Falschlächler, betrügerische Grinser, ironische Lächler, hundsgemeine Grinser und Fieslächler. Falschschnurrer hingegen gibt es keine. Wer schnurrt, lügt nicht. Es soll ja Leute geben, die Katzen für falsch halten. Falsch können nur Menschen sein. Ob die Katze schnurrt, schmust, haut, faucht oder maunzt - sie zeigt immer, was sie will - oder nicht will.

Dann kommt mir ein Gedanke. Diese Frau neulich mit den Büchern hat sich eine Geschichte gewünscht. Über Felix. Die man, in einer näheren oder ferneren Zukunft, wenn man hierzuland Dichtern wieder freundlich begegnet und weiß, was man an ihnen hat, vorlesen könne.

Aber erst mal eine haben ....

„Wenn ich dich was fragen darf - du bist doch nicht irgendwer, sondern eine hochrangige, stadtbekannte Persönlichkeit ..."

Felix scheint das zwar auch so zu sehen, aber, verkündet er, Bescheidenheit, Zurückhaltung und Demut seien doch seine hervorstechendsten Eigenschaften. Das sagt er laut und deutlich, ja, er brüllt es geradezu, so dass jeder, der in der Nähe wäre, es nicht überhören könnte.

Manche hielten ihn sogar für ein Genie, sage ich. Felix Miene drückt aus, jedenfalls sei er kurz drunter. Die Selbstachtung einer Katze, schreibt der Dichter Christian Morgenstern, ist außerordentlich. Er sei ja auch, erklärt Felix, kein Nutztier wie so ein Huhn, das nur Eier legen könne und dumm rumgackern. Er würde nie Eier legen.

Felix nimmt Haltung an. Nun gleicht er einem der würdevoll dahockenden Sphinxe, die die Ägypter vor Jahrtausenden verehrt haben.

Wenn damals jemand eine Katze beleidigte oder ihr den Garaus machte, wurde er den Krokodilen vorgeworfen. Ganz zu recht, wie ich finde. Und sie verehrten Bastet, die mächtige katzenköpfige Göttin. Ich kenne keine einzige christliche Heilige mit Katzenkopf - ein Beweis für die

Überlegenheit der altägyptischen Kultur.

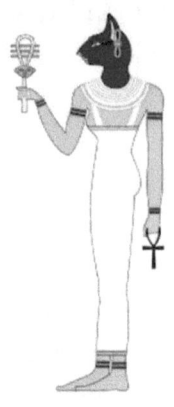

Dann fällt mir zur Ehrenrettung unserer Heiligen doch noch einer ein, der hat zwar keinen Katzenkopf, aber vor achthundert Jahren etwas sehr Schönes und Beherzigenswertes gesagt: *Katzen sind berufen zur gottseligen, jauchzenden Freude.* Franz von Assisi, mit dem ich schon seit langem befreundet bin, war offenbar ein Katzenkenner und Katzenfreund par excellence. Ich werde morgen in den Dom gehen und ihm eine dicke Kerze spendieren. Die hat er übrigens auch gekriegt, wenn eine meiner Katzen mal wieder verlorengegangen war. Meistens hat's gewirkt.

„Ich würde gern was über dich schreiben, Felix. Aber nur, wenn du nix dagegen hast."

„Du? Über mich?" Abschätzend-mitleidiger Blick. Da könne ja jede kommen. „Kriegst du sowas hin?"

„Ich geb mir Müh."

„Verstehst du überhaupt was von unsereinem?"

„In meinen Büchern laufen, rennen, schleichen, kämpfen, dösen, pennen, schnurren, klettern immer ein paar herum. Kater und Katzen. Dicke, dünne, weiße, rote, schwarze, graue, gefleckte, getupfte, längs- und quergestreifte, geträumte, erfundene, gemalte Katzen, ja, sogar eine am nächtlichen Himmel leuchtende Sternenkatze."

Da müsse er erst mal drüber nachdenken. Es folgt längeres Meditieren in Müffchenhaltung - wie schon gesagt mit umgeknickelten Pfoten. Mein Gott, sieht der klug aus! Muss unbedingt in den Spiegel schauen, wenn ich wieder mal nachdenke, und meinen vermutlich dümmlichen Gesichtsausdruck korrigieren.

„Ich hab auch schon Gedichte über Katzen gemacht."

„Lass hören!" befiehlt Felix.

Natürlich fällt mir auf die Schnelle keins ein.

Felix guckt so verächtlich, dass mir doch noch eins einfällt:

„Bin kein sittsam Bürgerkätzchen,
Nicht im frommen Stübchen spinnn ich,
Auf dem Dach, in freier Luft,
Eine freie Katze bin ich."

Felix schnurrt und sprüht Funken.

Wenn ich sommernächtlich schwärme,
Auf dem Dache, in der Kühle,
Schnurrt und knurrt in mir Musik,
Und ich singe, was ich fühle."

Felix zieht die Mundwinkel (oder Schnauz-
winkel?) nach oben, das Gedicht scheint ihm
gefallen zu haben, obwohl - oder vielleicht
gerade weil? - von keinem Kater die Rede ist,
sondern von einem keineswegs sittsamen
Kätzchen. Ich muss ihm ja nicht auf die
schwarzgetupfte Nase binden, dass ich das
Gedicht von Heinrich Heine - das ist der mit der
Lorelei - geklaut hab.

Dann erteilt er mir großmütig die Erlaubnis,
über ihn zu schreiben.

„Einiges weiß ich ja schon. Aber es wär schön,
wenn nun auch du mir etwas von dir erzählen
würdest, dann weiß ich's sozusagen aus erster
Pfote."

Felix konzentriert sich, schließt kurz die
Augen, blinzelt dann ein bisschen und legt los:
„Manchmal hat man Lust auf etwas Kühlung
und Erfrischung, nicht wahr? Dafür haben wir
die Alb. Wenn's sehr heiß war, bin ich hinein-
gesprungen, wegen der Abkühlung, man ist ja
nicht wasserscheu, und gesund soll's auch sein."

Ich bewundere ihn gehörig und sag ihm nicht,
was ich schon weiß: dass er ins Wasser gefallen
ist, als er nach Kugeln getatzelt und das Gleichgewicht verloren hat. Und dass man ihm eine
Leiter runtergelassen hat, auf der er wieder rauf-
klettern konnte. Das würde seinen Katerstolz

verletzen.

„Der Claudio, dem gehört das Eiscafé, hat mich immer angefleht, ihn zu besuchen, damit die Leute mich sehen und ins Café kommen und viel Eis essen. Der hat eine arg nette Frau, sie liebt Kater sehr, wahrscheinlich mehr als den Carlo, die hat mir immer ein Schüsselchen mit Sahne hingestellt. Im Sommer bin ich am liebsten draußen gelegen, auf meinem ganz persönlichen Kissen ..."

Auch dass Claudio Felix augenzwinkernd ein bisschen überzwerch genannt hat, verschweige ich besser.

„Der Mann, dem das *Hotel am Dom gehört*, hat mich immer höflich reingebeten, wenn er mich gesehen hat. Der hat extra wegen mir den grünen Kachelofen angeheizt, und ich hab mich auf die Ofenbank gelegt und allen was vorgeschnurrt. Die Gäste waren ganz verrückt nach mir und haben mich fotografiert. Ohne mich hätt der sein Hotel glatt zumachen können. Er hat immer gewollt, dass ich über Nacht bleib, aber da war der Kachelofen ja kalt. Und Kater haben's gern warm."

,Felix, Feierabend!' hat er gerufen und dich hinauskomplimentiert, denk ich, aber ich sag es nicht. Kater haben eine zarte, verletzliche Seele.

„Mit dem Blasius dort hinten war ich gut befreundet, hab oft ein Schwätzchen mit ihm gemacht und ihm was vorgeschnurrt. Der war ganz neidisch, weil er ja nicht schnurren kann. Nur beten. Auch für mich."

„Was hat er denn gebetet?"

„Lieber Gott, mach Felix fromm, dass er in den Himmel komm! Er hat gesagt, ich sei ein arg netter, aber auch arg sündiger Kater, und für arme Sünder müsse er beten, das sei sein Beruf als Heiliger."

„In welcher Beziehung sündig?" frage ich listig. Sünden geben ja immer was her für eine Geschichte, die Leute sind richtig wild auf Sünden, anständiges Benehmen finden sie eher langweilig.

„Na ja, da gibt es eine ganze Menge Verbote, ich glaub, es sind so viele, wie ich zweimal Pfoten hab, und dann noch zwei dazu." Er setzt ein beleidigtes Gesicht auf, eine Miene, die Katzen aus dem Effeff beherrschen. „Nix darf man, was Spaß macht."

„Das sind die zehn Gebote." Ich zähle sie der Reihe nach auf, gehöre ich doch einer Generation an, die das noch im Religionsunterricht gelernt hat. Heute fragt man besser nicht nach, sonst kriegt man womöglich die Abseitsregel beim Fußball erklärt, oder dass man seinen Müll nicht im Wald entsorgen darf.

Beim sechsten Gebot klopft er mit dem Schwanz auf die Bank. „Ja, das meint er, der

Blasius. ‚Du sollst nicht begehren deines Nächsten Katz.' Oder so ähnlich. Du verstehst?"

Ich verstehe. „Erzähl doch mal!"

Aber darüber, so Felix, schweige des Sängers Höflichkeit.

„Und? Bist du jetzt im Himmel? Bist du dort ein Katerengel, ein Engelskater"

Felix' Blick ist ziemlich unfromm, und einen Heiligenschein wie der Blasius hat er auch nicht. Weilt er, büßt er, schmort er, wenn er nicht gerade in der Blauen Stunde zwischen Tag und Nacht herumspukt, im Katzenfegefeuer? Irgendwas wird er schon auf dem Kerbholz haben.

„Warst du verheiratet, Felix? Oder wenigstens liiert? In festen Pfoten? Gab es, wie man heute sagt, eine Lebens- oder eine Lebensabschnittsgefährtin? Hast du Familie, Enkel, Urenkel?"

In seiner Jugend, so Felix und lässt seine Augen funkeln, sie sind übrigens grün, jadegrün oder malachit- oder türkisgrün, nicht bernsteingelb, sei er ein weithin berühmter Katzenaufreißer gewesen. Pussis, Mizzis und Muschis jeden Alters hätten ihn angehimmelt, so manche habe er beglückt, aber - sein Schwanz klopft auf den Sitz - Undank sei des Katers Lohn, hinterher habe die jeweilige Schöne ihm stets eine gefetzt. „La donna è mobile ...“

„Wie bist du eigentlich nach St.Blasien gekommen? Ein Kater wie du fällt ja nicht vom Himmel.“

Felix erklärt nicht ohne Stolz, ich sähe in ihm einen der Ureinwohner dieses traulichen Städtchens, es habe ihn nämlich, erst klein, dann groß, schon immer gegeben, jedenfalls könne er sich nicht erinnern, nicht dagewesen zu sein.

„Aber du hast doch sicher irgendwo gewohnt, oder? Ein freies wildes Leben ist ja was Tolles, aber auch ein wilder freier Kater braucht manchmal ein Plätzchen, auf das er sein müdes Haupt legen kann, jemand, der ihn liebt, streichelt, mit ihm kuschelt und schmust.“

Felix hebt die Pfote: Wichtig sei, dass man sich seinen Menschen aussuche, man mag schließlich nicht von jedem Dahergelaufenen gestreichelt, beschmust und bekuschelt werden. Prüfender Blick: „Oder schmust du mit jedem?“

„Natürlich nicht", sage ich. Wo Felix recht hat, hat er recht. Er scheint seinen Schiller zu kennen: *Drum prüfe, wer sich ewig bindet, ob sich das Herz zum Herzen findet. Der Wahn ist kurz, die Reu ist lang* ...

Felix' Blick geht träumerisch ins Weite, und zurück in die Vergangenheit ...

„Was siehst du, Felix?"

Er sehe, sagt er dann, sich selber als kleinen, aber schon damals zu den schönsten Hoffnungen berechtigenden Katerjüngling am Rand des Blasiusbrunnens sitzen und lange ins Wasser gucken ...

„O Gott! Du wolltest doch nicht - warst du depressiv? Ich meine, im Wasser kann man ersaufen - hattest du wirklich vor, deinem jungen Leben ein Ende zu setzen?"

Er schaut mich empört an. Nein, ersaufen, das sei nix für ihn, das gelte ja als ungesund. Er wolle nur ein bisschen mit diesem Kater im Wasser spielen. Ein lustiger Kerl. Der mache ihm alles nach, Pfote heben, Kopf drehen, Ohren zurücklegen, buckeln ...

„Was siehst du noch?"

Er sehe jemand neben sich sitzen. Eine Frau kraule ihn hinter den Ohren, was ein angenehmes und sehr empfehlenswertes Gefühl sei.

Er drückt den dicken Kopf an meinen Arm. Ich kraule behutsam, bin ich doch eine geübte

Ohrenkraulerin.

„Und dann, Felix? Was siehst du weiter?"

Sie frage ihn, ob er keine Lust hätt, mit ihr nach Hause'zu kommen. Einen wie ihn mit Tüpfel auf Nase und Schwanzspitze suche sie schon lange, so einer habe ihr gerade noch gefehlt. Und da sein Magen wie wild knurre, gehe er mit ihr. Erstmal nur auf Probe und mit gegenseitigem Rückgaberecht, dann, als sie spüren, sie seien füreinander bestimmt, geben sie sich feierlich ‚das große Miau'. Für immer und ewig.

Felix guckt mich an, sehr rund, sehr grün und sehr tief: „Hast du auch jemand dein großes Miau gegeben?"

„Ja", sage ich, „das hab ich. Es war ein besonders großes Miau."

Was Felix so rührt, dass er seine Pfote auf meine Pfote legt. So sitzen wir eine Weile Pfot auf Pfot friedlich im schönen Dämmer, denken nach über das große Miau, und warum man es dem einen gibt, dem anderen verweigert, warum es bei einem hält, beim anderen schnell vergessen wird. Man findet selten einen Menschen, mit dem man so existentielle Gespräche führen kann. Mit Katzen geht das. Mit ihnen kann man tiefschürfend reden und schweigen.

Und nun weiß ich, warum Felix so heißt wie er heißt: ‚felix' bedeutet 'glücklich'. Ihm war es vergönnt, ein glückliches Katerleben zu führen.

Felix reckt und streckt sich. Dazu brauche es wenig. Ein hübsches Körbchen,

ein nett gemustertes Schüsselchen mit warmer Milch (Fettgehalt mindestens 3,8%, bloß keine H-Milch!), eine Streichelhand, eine freundliche Stimme, die einen tröstet ‚ach, du armer, armer Kater!', wenn das Ohr einen Schlenzer abbekommen hat oder man dringend ein paar Streicheleinheiten braucht.

Ab und zu ein Leckerli, Sonne auf dem Pelz, ein warmes Plätzchen, möglichst oben, damit man auf andere runtergucken kann, einige wenige Bewunderer - es dürfen aber gern auch ein paar mehr sein -, einen Schoß zum Draufsitzen, einen ganz persönlichen Sessel,

ein bequemes Bett. „Schlafen - träumen", sagt er

mit samtener Stimme und guckt so poetisch und unergründlich wie Hamlet, der Dänenprinz, der auch vom Schlafen und vom Träumen träumt ...

Dann orgelt er sanft vor sich hin ...

Dieser Kater kennt das Geheimnis der Ruhe.

Was einen störe, sagt er, müsse man einfach ignorieren. Mit Verachtung strafen. Augen und Ohren zuklappen. Aber den Regen, den tät er abschaffen, den Donner auch, und den Blitz, die Staubsauger und die Motorräder, die Raketen und Knallfrösche, dieses blöde Rumgeballere, mit dem das alte Jahr geschasst werde. „Wenn ich das neue Jahr wär, ich tät gleich wieder umkehren." Dann macht er eine gaaaanz lange Pfote. Er habe sich seinen Mensch -

„Seinen Menschen, Felix, der steht im Akkusativ!"

Der Akkusativ ist ihm wurscht. Er habe sich seinen Mensch gut gezogen, ihm beigebracht, wie man mit Katern umgehen müsse: respektvoll, sanfte Stimme, bloß nicht brüllen, immer höflich, zuvorkommend, nie am Schwanz ziehen. Wie es auch in dieser äußerst löblichen und katergerechten Verordnung drinstehe, die ich mir ausgedacht habe. So seien sie bestens miteinander ausgekommen. Er sei auch nicht eingesperrt worden sondern habe auf freier Pfote gelebt und sich selber wirklich gemacht ...

„Du hast dich selbstverwirklichen können", sage ich, „so nennt man das heut."

„Der Kater als solcher ist nämlich besonders freiheitsliebend. Obrigkeiten verachtet er. Vorschriften werden grundsätzlich ignoriert. Mit einem Wort: Der Kater tut, was er will."

Das wisse ich, sage ich, ich hätte mehr als einen Kater gehabt - vielmehr die Kater mich -, und alle, auch die Katzen, hätten mein Leben ungemein bereichert. Besonders mein lieber Stoffele, eigentlich Mephistopheles, schwarz, ebenfalls mit weißer Schwanzspitze, ein Macho und Saukater, wie er im Buche stehe, der übrigens aus St. Blasien stamme, von dort aber ausgewandert sei nach Oberweschnegg, wo ich lebe. Dann sein Enkelkind, meine inniggeliebte Schlumpel. Und einen kleinen Kater, der einfach nicht reden wollte, sonst aber quietschfidel gewesen sei. Und - und - und ... Mit Katzen und Katern kann ich, wie man so sagt.

Der Abend hat sich lautlos davongemacht. Es ist dunkel geworden. Der Mond ist aufgegangen, die goldnen Sternlein prangen am Himmel so hell und klar wie in dem schönen Lied von Matthias Claudius. Ich genieße die Ruhe, die wohltuende Anwesenheit dieses ganz besonderen, lebenserfahrenen, lebensklugen Katers ...

Man müsse nicht dauernd rumhetzen, sagt Felix, um was vom Leben zu haben. Besinnlichkeit sollte man allemal der Hektik vorziehen, wichtig sei, sich auszuruhn, bevor man müde werde. Auch komme, wie jeder Kater wisse, die Gescheitheit am liebsten beim Schlafen. Was ich mir unbedingt merken müsse.

Ich verspreche es ihm in die Pfote. Ab morgen werde ich früher zu Bett gehen, auf dass ich noch gescheiter werde.

Nachts ist der große Dom mit sich allein. Menschenleer gähnt der weite Platz, der Brunnen rauscht leis vor sich hin. Laternen wärmen die Dunkelheit und werfen ein mildes Licht auf Holzfiguren und Bäume. Sankt Blasius, auf seinen Bischofsstab gelehnt, gähnt und nickt ein, er hat sich im Lauf der Jahre daran gewöhnt, im Stehen zu schlafen. Weiter hinten liegt auf dem Rasen ein zweiter St. Blasius, aber unten ohne, da ist nur ein riesiges, aus Granit gehauenes

Haupt,

Heiliger Blasius Märtyrer, 2015 - Iskender Yediler (Berlin)

das erklärt, warum der Heilige zuständig ist für allerlei Halsleiden. Er wurde nämlich geköpft. Was aber schon so lang her ist, dass der Blasius auf dem Brunnen es längst vergessen hat. Als ich es ihm mal erzählt habe, hat er nur den Kopf geschüttelt und es nicht glauben wollen.

Die Leute sind daheim, essen zu Abend, dann - unsern täglichen Krimi gib uns heut! - gucken sie fern. Krimigucken, das steht sogar im Grundgesetz, gehört zu den unveräußerlichen Bürger- und Menschenrechten. Mord und Totschlag sind halt was Schönes, enorm Aufbauendes ...

Felix richtet die spitzen, innen zart rosafarbenen Ohren auf als lausche er dem geheimnisvollen Gewisper und Geflüster der zum Leben erwachten Holzfiguren um uns herum ...

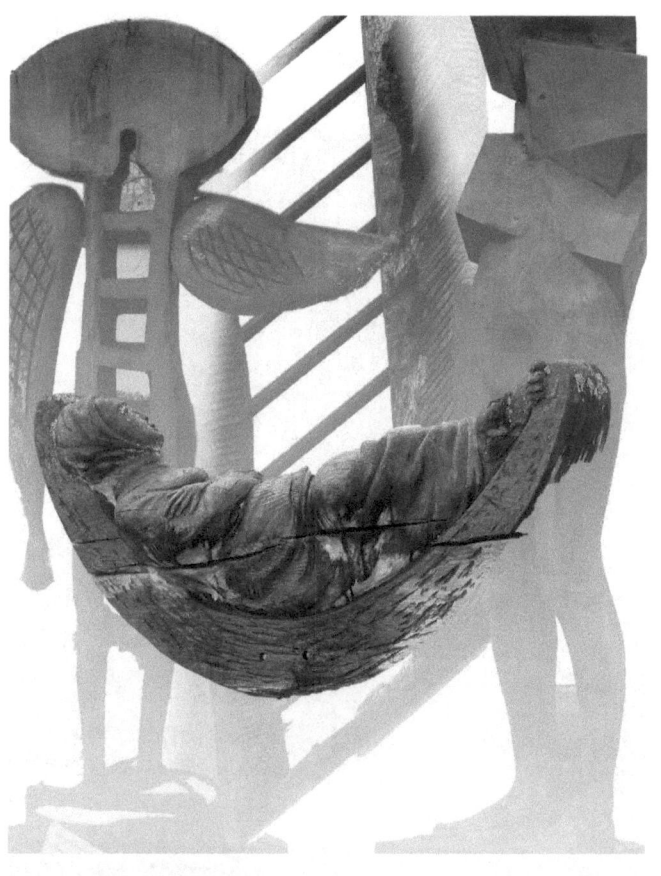

Holzskulpturen in St. Blasien (von links nach rechts): 'Tenacity'-
Dominika Griesgraber (Polen) / 'Sleepy' 2002 - Jonas Gencevicius
(Litauen) / 'Thirst' - Soheyl Reza Bastami (Iran)

Was mag ihm durchs Gemüte ziehn? Sein
kluges Gesicht drückt aus, er wisse Dinge, von
denen wir bedauerlichen Nichtkater und Nicht-

katzen niemals etwas erfahren werden.

Horcht er in sich hinein? In sich hinab? Guckt er der Zeit beim Vergehen zu? Macht er vielleicht ein Gedicht? Oder hockt er einfach nur so da? Ist er nur eingenickt und im Traum hinter einer Maus her, die er abmurkst und auffrißt bis auf den Schwanz? Denn nun leckt er sich den Bart, als hätt er sie wirklich gefressen .... Bei Katzen weiß man nie so recht ...

Jetzt wird er unruhig, schaut sich immer wieder um. Leider könne er nicht länger bleiben, er habe nämlich ein Rendezvous mit einem kleinen, rotbepelzten wilden Ding mit Gluhaugen, höllisch sexy, und alles andere als ‚ein sittsam Bürgerkätzchen'. Er macht ein lüsternes Gesicht, leckt sich schon mal die Schnauze, bearbeitet dann mit der Zunge seinen Pelz, putzt die Ohren, spreizt die Zehen und beknaspert sie, man will schließlich einen guten Eindruck bei der Schönen machen. Fängt dann an zu singen: „Komm, komm, komm, geliebte Katze, komm, komm, reich mir deine Tatze ..."

Das sei doch von Mozart, sage ich.

„Macht nix", sagt Felix.

Aber, sage ich, mein Taktgefühl vergessend, das gehe doch nicht, er sei dank Tierarzt ja nicht mehr im Besitz seiner Manneskräfte, mehr als ein platonisches Verhältnis sei nicht drin.

O hätt ich nur den Mund gehalten! Felix hebt die Pfote und zieht mir blitzschnell eins über. Als jenseitiger Kater sei er selbstverständlich wieder ganz. Ihm fehle nix. Das sei das Gute an seinem jetzigen Zustand. Wer hüben auch noch so baufällig gewesen sei, drüben sei er wieder vollständig und blühe sozusagen in alter - oder neuer - Schönheit. Er selbst blühe sozusagen ununterbrochen.

Ich lecke das Blut von dem Kratzer, den er mir verpasst hat und denk an die Zähne, die mein Zahnarzt mir im Lauf der Jahre gezogen hat. Wenn ich mal drüben bin, hab ich sie alle wieder? Kein Implantat, keine Brücke, keine Krone? Schön wär's. Muss aber nicht gleich sein. Ich kann's erwarten.

Er ist weg. Kein Felix, nirgends. Hat er sich entmaterialisiert, in Luft aufgelöst, hat ihn der Boden oder die Dunkelheit verschluckt? Hab ich ihn mir nur eingebildet oder von ihm geträumt? Jedenfalls hocke ich katerseelenallein auf der Bank und muss das Erlebte erst mal verdauen. Man unterhält sich schließlich nicht jeden Tag mit einem jenseitigen Kater ...

Aber es ist, wie's ist. Felix weilt nicht mehr unter uns. Einmal, weil der echte Felix kein irdischer Kater mehr ist, sondern ein mehr oder weniger vergeistigter Wanderer zwischen den Welten, zwischen hüb und drüb. Dann, weil sein hölzernes Ebenbild nun irgendwo im Land der Eidgenossen herumsteht. Er habe es aber nicht übel getroffen, wird mir versichert, ein Schweizer Großkapitalist, Sammler von Katzenfiguren und vermutlicher Neidhammel - vielleicht hat er Felix den St. Blasiern nicht gegönnt - hat ihn ersteigert, nun hockt dieser in einem Wintergarten zwischen Gummibaum und Kaktus. Schön wär's gewesen, hätten die Leute hier ihre Groschen gezählt, zusammengelegt und Felix der Heimat erhalten, ihn auf einen Sockel gesetzt und im *Süßen Winkel* zur Ehre eines kleinen aber feinen Denkmals erhoben. Das hätte der Stadt gut angestanden. Aber es hat nicht sollen sein.

So werde ich Felix wenigstens ein literarisches Denkmal setzen, eine Geschichte über ihn schreiben und dann einen Brief an Bürgermeister und Gemeindrat mit dem Vorschlag, Felix wenigstens ins Wappen der Stadt St. Blasien aufzunehmen. Auf dem springt zwar schon ein goldener Hirsch herum - das tut er übrigens auf jedem zweiten Wappen hierzuland, Höchenschwand hat einen, ebenso Schluchsee, Ehrenkirchen, Oberrimsingen, Stegen, Wettelsbrunn, Hausen, Kirchhofen - was nicht besonders originell ist. Hirsche gehören in den Wald. Neulich, auf der Fahrt nach Menzenschwand, hab ich drei Stück Hirsch gesehen, buntbemalte Blechkerle, die standen nur dumm in der Gegend herum und glotzten mir nach.

Da ist Felix ein ganz anderes Kaliber, der würde viel mehr hermachen. Katzen und Kater sind blitzgescheit, selbstbewusst und beseelt von freiheitlichem Geist, was einer Gemeinde doch besser anstünde als so ein dappiger Hirsch.

Also: Weg mit dem Hirsch! Her mit dem Kater!

Es ist schon spät, es ist schon kalt. Mich zieht's nach Hause. St. Blasien ist, wie ich nun weiß und wie jeder unbedingt wissen sollte, mehr als ein gemütliches Schwarzwaldstädtchen mit ehemaligem Weltflair. Weilten doch in seinen nicht mehr vorhandenen Mauern - wenn es denn überhaupt mal welche gab - zwei sehr unterschiedliche charismatische Persönlichkeiten.

Eine, die hier gelebt, gegründet, gebaut, gebetet, gepredigt, musiziert, geliebt (Frau Musica), geschrieben, gesammelt und regiert hat.

Und eine, die nach ihm hier gelebt, geschnurrt, gedacht, geliebt (nicht Frau Musica), nicht gebetet, aber geschmust, gesungen, meditiert, gemaunzt, gerauft, gekämpft, gepennt und gefaulenzt hat.

Der Fürstabt und der Fürst der Straße.

Und nun kommt mir eine Idee ...

Ich bin sicher, der selige Martin Gerbert, nicht nur mit Geist gesegnet, sondern auch mit

Humor, hätte nix dagegen, zusammen mit Felix auf einem gemeinsamen Gedenkstein verewigt zu werden. Das stell ich mir so vor:

vorne:

Unvergessen
Martin Gerbert
1720-1793
Fürstabt des Benediktinerklosters
St. Blasien
Erbauer des Kuppeldoms
Er war groß als Mönch
Gelehrter und Regent

hinten:

Unvergessen
Felix
St.Blasien 1977-2017
Fürst der Straße
Er war groß als Kater
Bürger und Darsteller

Oder andersrum: vorne den Felix, hinten den Fürstabt.

Wer nun meint, das sei blasphemisch, gebe es doch einen gewaltigen Unterschied zwischen einem frommen Kirchenfürsten und einem unfrommen Kater, dem lege ich diesen Satz ans Herz:

Alle Geschöpfe der Erde fühlen wie wir, alle Geschöpfe streben nach Glück wie wir. Alle Geschöpfe der Erde lieben, leiden und sterben wie wir, also sind sie uns gleichgestellte Werke des allmächtigen Schöpfers - unsere Brüder.

Sagt mein alter Freund Franz von Assisi.

In diesem Sinne: Gut' Nacht!

Dir auch, Felix!

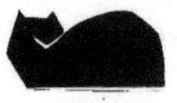

MIX

Papier | Fördert
gute Waldnutzung

FSC® C083411

Zeitfracht Medien GmbH
Ferdinand-Jühlke-Straße 7
99095 Erfurt, Deutschland
produktsicherheit@kolibri360.de